AF308956

POÉSIES ÉLÉGIAQUES

PAR

Mlle ZOÉ FLEURENTIN

Ancienne élève de la Maison impériale de Saint-Denis.

Prix : 2 francs.

PARIS

AU BUREAU DE LA REVUE DE LA PROVINCE

C. VANIER, LIBRAIRE-ÉDITEUR

RUE DE BUFFAULT, 25.

1861

POÉSIES ÉLÉGIAQUES

PAR

MLLE ZOÉ FLEURENTIN

Ancienne élève de la Maison impériale de Saint-Denis.

———

PARIS

AU BUREAU DE LA REVUE DE LA PROVINCE.

C. VANIER, LIBRAIRE-ÉDITEUR

RUE DE BUFFAULT, 25.

1861

POÉSIES ÉLÉGIAQUES

⁓⚜⁓

A MES VERS.

Dans les sombres forêts qu'un Dieu caché tour-
[mente,
Quand le chêne effrayé sent fléchir ses rameaux
Et jette sous les cieux sa voix qui se lamente,
Calme, la fleur sourit, se mirant sur les eaux,

Le vol de l'ouragan sème en vain l'épouvante ;
Elle garde, tranquille, à l'abri des roseaux,
Pendant que le torrent près d'elle gronde ou
[chante ;
Son parfum au poète et sa graine aux oiseaux.

Soyez tels, ô mes vers ! si l'amour vous inspire ;
Rendez-vous sans tarder où quelque âme soupire,
Cherchant le ciel d'azur sous l'orage vainqueur,

Et, discrets confidents, pour calmer ses alarmes,
Comme aux sources des bois vous baignant à
[ses larmes,
Dans ce cœur attristé faites naître une fleur !

LA PAROLE DU VERBE.

Abandonne la vie, où l'outrage et la haine
Ont torturé ton cœur, aux larmes condamné.

L'épreuve est terminée : oublie enfin ta chaîne,
Et viens cueillir le fruit qui te fut destiné.

Approche de mon trône où siége l'épouvante,
Pour toi le Verbe altier se fera paternel.

Je t'accorde le nimbe et la palme vivante
Que portent à leurs fronts les saints de l'Éternel.

Le Seigneur t'a parlé, n'entretiens pas le doute,
Élève ton esprit loin d'un monde pervers,

Et voyant les soleils flamboyer sur ta route,
Adore le Dieu fort qui contient l'univers !

AUX ANGES.

O vous! les plus beaux fruits de l'amour éternel,
Vous, qui vivez heureux dans les jardins du ciel,
Pour sauver le cœur pur qu'un fantôme tour-
[mente,
Apparaissez, la nuit, à la vierge innocente.
Déployez à ses yeux vos divines beautés,
Afin que, vers l'Éden, ses rêves emportés
Ne la laissent jamais regarder sur la terre,
Où le vil séducteur vient, comme une vipère,
Flétrir de son venin, avec art distillé,
Un cœur où jusque-là Dieu seul avait parlé !
Peignez-lui les transports de vos troupes fidèles,
Qui mesurent l'Éther d'un seul coup de leurs
[ailes ;
Et les bosquets charmants où les blonds chéru-
[bins

Font tressaillir, joyeux, la harpe sous leurs
[mains,
Répétant des concerts qui s'étendent sans nom-
[bre
Jusqu'à la sphère morne où les cieux remplis
[d'ombre,
Ne laissant plus percer les rayons du soleil,
Voient les damnés dormir leur effrayant som-
[meil !

O divins habitants des cimes azurées !
Que de vos ailes d'or les vierges entourées
Ignorent quels périls menacent la vertu,
Et foulent, sans le voir, le serpent abattu !

L'ARC.

J'ai fait un arc en bois de frêne,
Noueux, à l'épreuve, luisant ;
Le trait sera lourd et cuisant :
Aux loups j'en réserve l'étrenne !

Pour le trouver dans la forêt,
J'ai fait plier le charme et l'aulne,
Le houx rétif, l'ébénier jaune ;
A tout laisser là j'étais prêt.

Quand sous l'ombre où l'oiseau voltige,
J'ai vu le frêne au vert manteau,
Et, d'un seul coup de mon couteau,
J'ai fait tomber la ronde tige.

Tout aussitôt j'avais pensé,
En dépouillant la blonde écorce,

Qu'il serait souple et plein de force,
Mais mon espoir est dépassé !

Quand j'ai lancé vers le nuage
Le trait rapide, il a couru,
Et dans le ciel a disparu
Sans laisser suivre son passage.

De nos pâtres j'étais jaloux,
Maintenant, comme eux je suis libre ;
Ma main frémit et mon cœur vibre :
Qui donc eût jamais peur des loups !

Je veux les chercher dans la plaine,
Sur la roche, au coteau boisé,
A midi, dans l'air embrasé,
Dans la forêt, à la nuit pleine.

Quand la louve m'attaquera,
Faisant luire à travers les branches
Ses yeux ardents et ses dents blanches,
Voici mon arc qui répondra !

1.

REPOS DÉSIRÉ.

Une foule nombreuse emmène au cimetière
Un malade chéri qui dort dans le Seigneur;
On va sur son front blanc faire tomber la terre,
Mais son âme leur reste et vivra dans leur cœur.
Pour moi, lorsque j'irai dormir là-bas sous
       [l'herbe,
Pas un ne me suivra de tous ceux que j'aimai;
Mais, remplaçant leurs pleurs, le genêt jaune
       [en gerbe
Fleurira sur ma fosse aux premiers jours de mai.

LE VERTIGE.

La grande mer rugit comme un tigre en dé-
Écoute le flot noir sur l'abîme hurler, [mence,
Il arrive en roulant de l'horizon immense,
C'est la nature, enfant, qui cherche à te parler !

Oui, la mer et le cœur ont tous deux leurs abî-
[mes,
Un sel amer se cache en leurs sinistres pleurs,
Et si leur long sanglot parle aux âmes sublimes,
Leur contact dévorant flétrit toutes les fleurs !

L'Océan, comme nous, souffre un cruel mar-
[tyre,
Hélas ! ainsi que l'homme, il ne saura jamais
Pourquoi la main de fer qui l'entraîne et l'attire
Le rejette brisé loin des calmes sommets !

Sois donc triste, ô rêveur! quand la mer se la-
                                    [mente
Comme un sombre captif de pesants fers chargé;
Elle étend vers ton cœur, sur la grève écumante,
Son sein morne où fléchit le flot découragé!

Regarde l'Océan! il t'appelle, il t'invite,
Entr'ouvrant sous tes yeux ses grottes de cristal!
Cours dans la vague, enfant, tu reviendras
                                    [moins vite
Embrasser ta promise au village natal!

LA GÉNISSE.

Oh ! réponds-moi, génisse blanche,
Lorsque pliant tes forts genoux
Qui se courbent comme une branche,
Tu fais reluire ton dos roux,
Dans l'herbe enfoui jusqu'à la hanche,

Pourquoi, portant les larges yeux
Sur le bois sombre qui murmure,
Sembles-tu demander aux cieux
Si jadis toute créature
A vécu dans un monde heureux ?

Toi-même aussi fais-tu ton rêve,
Et dans l'étable et dans les champs,
Le soir, quand la brume s'élève,
Écoutes-tu les vagues chants
Que la brise des bois soulève ?

Si, comme nous, triste ici-bas,
Tu convoites de riants songes
Que les heures n'amènent pas,
Et regrettes de vains mensonges
Éveillés jadis sous tes pas ;

Je plains ton destin solitaire,
Toi que le sort tourmente aussi,
Car notre vie est un mystère
Qui s'ouvre dans les pleurs ici,
Pour se terminer sous la terre !

LA NATURE.

Je suis la splendide nature,
J'ai les grands fleuves pour colliers,
Et de mes palais de verdure
Les chênes verts sont les piliers.

Le feu rouge de ma narine
Bout dans les cratères béants,
Et les flots noirs des océans
Dorment bercés sur ma poitrine.

Je donne l'être à toutes choses
Avec un funèbre soupir;
C'est moi qui fais germer les roses
Et c'est moi qui les fais mourir.

Mais si je cache dans les tombes
Fleur sans arôme et corps glacés,

Au printemps, sur les trépassés,
Je fais murmurer les colombes !

Au loin, dans les espaces mornes,
Aussi loin que va le ciel bleu,
J'étends ma puissance sans bornes
Qui se dresse en face de Dieu !

Quand il menace d'une entrave
Mon front caché dans les cieux clairs,
Pour répondre à ses blancs éclairs
Mes volcans font fumer la lave !

De l'infini perçant les voiles,
J'allume d'un souffle vainqueur
Les feux scintillants des étoiles,
Astres d'or qui tournent en chœur.

O cieux, à la fauve ceinture !
Contemplez mes fils infinis
Dont la voix, en hymne bénis,
Chante l'éternelle nature.

RESIGNATION.

J'ai vu tomber des cieux la neige à l'aile blanche;
J'ai vu les verts pommiers au printemps re-
[fleurir,
Préparant le doux fruit qui fait plier la branche,
J'ai vu germer la rose et la biche courir !
J'ai vu sur les rochers bondir la frêle écume
D'une pluie argentée inondant le gazon,
Et le brillant soleil que chaque aube rallume
Éclairer de ses feux le lointain horizon !

J'ai vu dans les cités tourbillonner les hommes
Qui suivaient, haletants, leurs coupables désirs;
En les étudiant, j'ai vu ce que nous sommes,
J'ai jugé leur folie et leurs vides plaisirs !
J'ai vu, sur les tapis, danser les Hétaïres,
Quand la sainte Vertu sous son toit grelottait !

J'ai vu, pour les chanter, qu'on rencontrait
[des lyres,
J'ai vu que le poète était vil et mentait !

Aussi mon cœur amer n'a plus rien qui l'attire;
La nature pour moi n'est qu'un livre fermé
Où mes yeux éblouis n'ont jamais rien pu lire !
Que servirait la lutte au soldat désarmé!
J'ai combattu longtemps, bientôt la terre sombre
Sous l'un de ses replis engloutira mon corps,
Et j'irai pour jamais me reposer dans l'ombre
Où dort silencieux le blanc peuple des morts!

L'IMAGE.

LE MOINE.

Salut, ô sombre cathédrale,
Où mon cœur vient chercher la paix !
Salut, ô voûte sépulcrale,
Ensevelis-moi pour jamais !
Abaissant ma lourde paupière,
Je veux, courbé sous tes arceaux,
Vivre à genoux dans la prière
Comme les saints de tes vitraux !

Sous ta nef le Désir s'élance :
Le Doute en moi s'évanouit,
Quand j'écoute dans le silence
Cette voix qu'éveille la nuit !

Sur l'ogive aux lueurs étranges
Mes yeux s'arrêtent fascinés,
Et je vois sourire les anges
Au pied de l'autel prosternés !

O toi, douce Vierge ! ô ma mère !
Qui parles au cœur oppressé,
Prends en pitié ma vie amère
Où le Doute impur a passé.
Quand mon âme sombre soupire,
Implorant un divin rayon,
Qu'en voyant sa lèvre sourire,
Elle espère encor le pardon !

Je te regarde, ô blanche image
De celle qui nous a sauvés !
A ton front l'étoile du Mage
Fait luire ses reflets dorés.
Dans tes yeux scintille une flamme,
Symbole de l'amour divin ;
Mère, ne laisse pas mon âme
Aujourd'hui te prier en vain.

L'IMAGE.

Je t'écoute, ô fils de la terre !
Tes lèvres ont de tristes mots,
Enfant brisé, parle à ta mère,
C'est moi qui guéris tous les maux !
Dans mon sein verse ta prière,
Qui de ma bouche s'élançant,
Parcourra la pure atmosphère
Jusques aux pieds du Tout-Puissant !

LE MOINE.

Mon cœur s'entr'ouvre, ô sainte reine !
Eh quoi ! votre voix a parlé,
Vous, ma mère, ma souveraine,
Maîtresse du ciel étoilé !
Vous ne repoussez pas mes plaintes,
Et sous les bleus arceaux du chœur,
J'entends de vos paroles saintes
L'écho retentir dans mon cœur !

L'IMAGE.

Je t'écoute, ô fils de la terre !
Vois le crucifix dans ma main :
Tu sais par quel divin mystère
Des cieux il ouvre le chemin !
Les cœurs aigris, je les désarme,
Les cœurs tombés, je les soutiens ;
Et quand je vois luire une larme,
Si la Foi m'appelle, je viens !

LE MOINE.

Puisque tu le permets, ô Vierge immaculée !
Toi que le cœur adore et demande toujours,
Je veux, sous les arceaux de la nef étoilée,
Te livrer le secret de mes lugubres jours.
    Du haut de la céleste voûte,
    Sur moi daigne abaisser les yeux
    Car de l'ange, oubliant la route'
    Je n'ose regarder les cieux !

Comme un arbre blessé par la rude tempête,
Je succombe, je meurs, et l'horreur me poursuit.
O flambeau d'Israel ! la mort est sur ma tête,
Fais briller ton étoile au milieu de ma nuit.
    Étends sur moi tes blanches ailes,
    Et que dans les cieux emporté,
    Au milieu des anges fidèles
    Je vive pour l'éternité !

Le feu qui me dévore, un doute impur l'attise :
Écoute ton enfant qui n'osait te parler,
Et, chassant à jamais la douleur qui me brise,
Avec toi dans les cieux laisse-moi m'envoler !
    Je n'aime plus le monastère ;
    Mais, glacé d'un souffle mortel,
    Lorsque retentit la prière,
    Je reste muet à l'autel !

Jadis, dans ma cellule, humble et calme novice,
Aux pieds du crucifix je joignais les deux mains ;
Par la prière sainte affranchi de tout vice,
Des bois qui m'ont troublé j'évitais les chemins
    Mais j'ai contemplé la nature

Qui parle, gémissante, au ciel ;
Et de sa voix qui me torture
Je ne puis oublier l'appel !

Que de fois, remontant le fleuve dans sa course
Pour atteindre le flot qui murmurait tout bas,
Altéré de désirs, j'interrogeai la source
Qui s'enfuyait plus vite et ne répondait pas !
    Oh ! parle-moi, disais-je, eau blanche !
    Dis-moi pourquoi ton flot chanteur,
    Comme une larme qu'on épanche,
    Pleure en tombant de la hauteur.

Et le cœur déchiré par cette voix plaintive,
Emportant dans mon sein le trouble avec l'effroi,
Mes yeux allaient chercher, s'éloignant de la
                          [rive,
Le chêne aux fiers rameaux qui trône comme
                          [un roi.
    Mais, hélas ! dans ses branches vertes
    J'entendais le vent soupirer,
    Et les clairières entr'ouvertes,
    Autour de mon front murmurer !

Le chêne se tourmente et la rivière pleure,
Un sanglot incertain des cieux tombe le soir,
Le courlis se désole en sa verte demeure,
Un sourd gémissement s'élève du bois noir.
  Tout s'afflige, rameaux et fleuves !
  Dans la nature, vain sanglot !
  Les créatures, sombres veuves,
  Répandent leur larme ou leur flot !

Cette angoisse effrayante, oh ! qui la pourrait
[dire ?
Réponds, nature vierge, est-ce pour un seul jour
Que ton sanglot s'élève et ta plainte soupire,
Dois-tu te consoler aux sources de l'amour ?
  O nature, aux accents funèbres,
  Qui gémis sous un ciel voilé,
  Quelle main, chassant les ténèbres,
  Calmera le cœur désolé !

Qui peut dire au printemps : Un seul moment
[demeure
Au flot du noir rocher : Ah ! cesse de gémir !
A l'hiver qui menace : Éloigne encor ton heure !

Au jour qui va tomber : Tu ne dois pas finir !
O temps à la course éternelle !
Si la nature n'est qu'un pleur,
C'est que tu brises de ton aile
L'homme et l'enfant, l'arbre et la fleur !

Tu connais ma tristesse, oh ! parle, blanche
[image !
Le désir qui m'accable a renversé ma foi ;
Étoile des flots purs, tu sais calmer l'orage,
Et j'élève mon âme, ô Vierge, jusqu'à toi !
Tu sauras bien, d'une parole,
Me révéler le grand secret ;
Souris sous ta blanche auréole :
Je t'écoute, mon cœur est prêt.

Mais, hélas ! nul sourire, éclairant ton visage,
N'apporte à mon esprit et la joie et la paix.
Heureux qui, sans douter, contemple, calme et
[sage,
L'aurore de la Foi dorant ces murs épais !
Allons reprendre encor ma chaîne,
Et puissent les hymnes pieux,

En étouffant la voix du chêne,
Pour un seul jour m'ouvrir les cieux !

CHANT DES CLOCHES.

O moine ! allez dans la chapelle,
Déjà nos voix ont retenti ;
Et quand la cloche vous appelle,
Vous devriez être parti !
Comme vous, heureux qui soupire,
Qui pour jamais, loin des maudits,
Dans son cœur, où la Foi respire,
Voit descendre le Paradis.

A UNE FEMME POETE.

Tu demandais des fleurs, en voici pour ta tombe,
O toi qui vis trop tôt le rivage inconnu
Où la rose flétrie et la feuille qui tombe,
Pleuvant sur les mourants dont le jour est venu!

Recouvrez son front pâle, ô sombres scabieuses,
Mariez votre pourpre au muguet argenté,
Inclinez-vous sur elle, ô pervenches pleureuses,
Que sous un dais de fleurs son sein soit abrité!

En voyant de mes mains s'échapper vos corolles
Où les pleurs de mes yeux se plaisent à couler,

Qu'elle ait, dans le tombeau de plus douces pa-
[roles
Pour le céleste ami qui la vient consoler !

Car les frêles mourants dont le destin s'achève
Avant l'heure marquée à tout homme ici-bas,
Dans l'éternelle nuit ne cessent point leur rêve;
La foule les oublie et ne les entend pas!

Mais nous qui comprenons les plaintes de la
[brise,
Nous, poètes errants au hasard emportés,
Nous savons deviner, quand un rameau se brise
Ce qu'il contient de pleurs pour les jours re-
[grettés !

Aussi lorsque, le soir, passent des bruits étran-
[ges,
Nous, sans nous effrayer, nous écoutons, rê-
[veurs,
Les immobiles morts parler avec les anges
Dont les lyres d'argent frémissent dans nos
[cœurs !

2.

Recouvrez son front pâle, ô sombres scabieuses,
Mariez votre pourpre au muguet argenté ;
Inclinez-vous sur elle, ô pervenches pleureuses,
Louisa va sourire en revoyant l'été !

A SAINTE MARIE MADELEINE.

Sombre antre où voulut vivre, inconnue et
[tremblante,
Celle dont le péché fut moindre que les pleurs,
Et qui, pour racheter son âme pénitente,
Sur un lit de roseaux s'abreuva de douleurs.

Antre qui vis couler comme une onde mourante
Ces larmes du regret, des fautes tristes sœurs,
Et toi, rauque torrent où bondit l'épouvante,
A vous voir, quels pensers frémissent dans nos
[cœurs.

Avide, je regarde. Était-ce là sa couche ?
Peut-être sur ce roc elle a pressé sa bouche.
Froide source, as-tu vu la sainte te chercher ?

Et je voudrais pleurer et prier tout ensemble,
Mais l'effroi me pénètre et mon visage semble
De douleur, un torrent, de stupeur, un rocher.

EXTASE.

C'est en vain que le Doute et les larmes amères
Viendraient comme autrefois, hélas ! flétrir nos
[cœurs ;
Ce que ne pouvait plus un baiser de nos mères,
Vous l'avez fait, ô Vierge ! avec vos chants vain-
[queurs.

Votre voix qui s'élève au-dessus d'un vain monde
Pour chanter l'hymne saint qui parle à tout
[mortel,
Dans ses transports sacrés, grandissant comme
[une onde,
Fait vibrer la nef sombre et tressaillir l'autel.

Ouvert et palpitant, le ciel a vu descendre,
Mêlés à vos concerts, les concerts des élus ;

Et nous, nous écoutons, prosternés dans la cen-
                                       [dre,
Ces poëmes sacrés que nul n'a jamais lus.

Allez, allez toujours chercher aux pieds du
                                       [Maître,
Où l'ange à votre voix s'empresse d'accourir,
Ces chants qui font prier celui qui vient de
                                       [naître,
Et font prier encor celui qui va mourir.

Ainsi vous vivrez calme, et vous et votre père.
Le but de votre vie, ah ! vous l'avez trouvé,
C'est la double couronne offerte à votre mère,
Par l'incrédule en pleurs, par le mourant sauvé.

JANE.

Quand on a porté Jane en terre,
Mon cœur cent fois a soupiré,
Et comme un enfant j'ai pleuré
Dans le blé qui sautait sur l'aire.

Quand on a porté Jane en terre,
Mon cœur en deux parts s'est fendu,
J'ai senti que j'étais perdu,
Car seul au monde, hélas ! que faire ?

Quand on a porté Jane en terre,
Mon cœur mort s'est senti vaincu,
Et depuis lors, si j'ai vécu,
C'est pour ne pas tuer ma mère !

Quand on a porté Jane en terre,
Mon cœur a bien vu qu'avant peu,
Il vivrait avec elle et Dieu,
Caché dans l'ombre d'une bière !

Quand on a porté Jane en terre,
Mon cœur s'est mis à son côté,
Et depuis, dans l'herbe abrité,
Il dort tranquille sous sa pierre !

SONNET.

Malheur à qui sourit, malheur à qui soupire;
Malheur au cœur troublé, malheur au cœur
[content,
Au savant qui raisonne, au vieillard qui délire,
A la vierge sans tache et qui s'en va chantant.

Malheur à la forêt et malheur à la lyre,
A tout ce qui végète, à tout ce qui comprend.
Dans la loi qui t'oppresse, homme, sache enfin
[lire,
Les destins ont dit : Marche! et la mort les
[entend.

Hélas ! voici le jour où les astres sans nombre,
Regardant l'un d'entre eux effacé comme une
                                        [ombre,
Se parleront tout bas dans le ciel étonné,

Et sous les derniers feux de l'orage livide,
Se diront : C'est là bas, dans cette place vide,
Que la terre tournait avant qu'il eût tonné !

LES TROIS COURONNES.

Mary, la blonde enfant, la languissante étoile,
Près du ruisseau d'azur, rêve et choisit des fleurs;
Lorsqu'elle en a cueilli plein sa robe de toile,
Elle revient s'asseoir à côté de ses sœurs.

Et là, rêveuse encore, elle fait trois guirlandes,
De doux myosotis au symbole charmant,
De vert cytise aimé par les chèvres friandes,
De frêles boutons d'or penchés nonchalamment

A sa chère compagne elle offre la première,
La seconde est pour elle et décore son front;
Mais sur le bleu ruisseau déposant la dernière,
Elle sait que plus loin les flots l'emporteront.

Puis, se penchant alors sur le tiède rivage :
« O couronne d'amour, toi qui soutiens mon
[cœur,
Vole sans t'arrêter, avec le flot qui nage,
Jusqu'à la maison verte où sourit le bonheur !

Et là, te reposant sur la berge du fleuve,
Oh ! dis bien doucement à la mère d'Arthur
Qu'à son fils, pour épouse, il faut, non une veuve,
Mais une jeune fille au regard tendre et pur ! »

LA LYRE.

Je ne suis qu'une femme, et mon cœur est débile;
Pour soutien cependant j'ai pris la lyre d'or ;
En la faisant vibrer, je deviens plus tranquille,
Et je sais supporter, si je soupire encor.

Je cadence, en chantant, les rêves de mon âme ;
Traduire ainsi son cœur, c'est une volupté,
Car je sais que mes vers s'en iront, douce flamme,
Pénétrer d'autres cœurs d'une pure clarté.

Ils leur diront comment la timide orpheline
Marcha dans des sentiers sans verdure ni fleurs;
Comment, le soir, assise au pied de la colline,
Ses yeux fixaient la nue en se mouillant de
[pleurs.

Et Dieu la consola. Dans son cœur sans défense
Il mit pour bouclier la pieuse oraison,
Qui, pure du péché, conserve l'innocence,
Et dans les longues nuits fait parler la raison.

Si, bien loin des méchant, j'ai vécu solitaire,
Sous le poids de mes jours, pliant comme un
        [roseau,
Dieu, pour me consoler des amours de la terre,
M'a dit : Va dans le ciel chanter comme un oi-
        [seau !

Sur la lyre tissant mes douces mélodies,
Tantôt j'ai fait gronder un hymne à la vertu !
Et tantôt, soupirant, mes lèvres moins hardies
Ont tout bas murmuré : Printemps, que me
        [veux-tu ?

Restant toujours fidèle à l'essaim de mes rêves
Jamais je n'ai maudit l'extase de l'amour,

Ni condamné ceux qui, dans des heures trop
[brèves,
. Prononcent des serments qu'ils oublieront un
[jour.

Mais sans les imiter, m'entourant de mon voile,
J'ai dit à Dieu lui seul : Prenez, prenez mon
[cœur !
Et dans les verts taillis j'ai marché, faible étoile,
Ayant le ciel pour guide et la muse pour sœur !

LA SAONE.

Par un beau soir d'été, regardant les nuages
Qui flottaient dans le ciel en flocons empour-
[prés,
Je côtoyais la Saône, et, suivant ses rivages,
Calme, je m'enivrais de la senteur des prés.

C'était un lieu tranquille, où, comme vers sa
[mère,
Accourt un frais enfant, les yeux remplis d'a-
[mour,
Pour se joindre à la Saône, une verte rivière
Descend dans la prairie en faisant maint détour;

Sur le fleuve d'argent, qui n'avait point de va-
[gues,

Glissaient, sans se briser, les rayons du cou-
[chant ;
De ses limpides eaux montaient des lueurs va-
[gues,
Et la fauvette au loin chantait son dernier chant.

Comme un jeune tapis étendu sur la rive,
A mes pieds le gazon ouvrait ses mille fleurs ;
En ce lieu la nature était simple et naïve,
Et ne se parait pas de menteuses couleurs.

Au bord du pré voisin s'élevait solitaire
Un bois sombre et touffu, d'un aspect menaçant,
Sur lequel le soleil jetait avec mystère,
Un faisceau de rayons rouges comme du sang.

Les arbustes fleuris formaient une muraille
Sur l'autre bord du fleuve à l'incertain contour,
Et l'on voyait de loin, sortant de la broussaille,
Le village endormi montrer sa vieille tour !

3.

Comme le souvenir des heures fortunées,
Des nuages rosés se berçaient dans le ciel ;
Et je sentais alors qu'au bonheur destinées,
Nos âmes ont leurs jours d'ambroisie et de miel !

LES FEUILLES MORTES.

IMITATION.

Pendant les jours mauvais, les amis infidèles,
Comme ils étaient venus, ensemble m'ont quitté;
Toujours le malheureux voit fuir à tire d'ailes,
Le bonheur qu'un instant à peine il a goûté.

J'étais l'arbre touffu que le soleil féconde;
Eux, les feuilles dont mai recouvre les rameaux;
Hélas! le vent d'automne en passant sur le monde
A dépouillé la cime et redoublé mes maux.

J'avais déjà senti son haleine mortelle,
Mais à l'amour menteur succédait l'amitié;
Pourquoi m'a-t-il fallu, déception cruelle!
Demander vainement ses pleurs et sa pitié?

Eh bien ! sachez-le tous, quand la bise d'au-
[tomne,
A sourdement grondé, le printemps reparaît ;
Il rend à l'arbre vert sa mobile couronne,
Et le fait rayonner dans la sombre forêt ;

Mais la feuille effrayée au souffle de l'orage,
Qui, par les grands chemins, se détourne et
[bondit,
Quand, de fleurs, le soleil vient couvrir le rivage,
A beau se rapprocher, jamais ne reverdit !

LES TROIS AGES.

La neige est entassée en flocons sur la berge,
La bise, en gémissant, ébranle le vieux toit;
Pourtant tout est joyeux dans la rustique au-
[berge;
On y parle, on y rit, on y chante, on y boit.
Autour des bancs noircis passe la ménagère,
Disant à ses buveurs quelques mots d'amitié,
Menaçant le plus gai d'une tape légère,
Et même quelquefois la donnant à moitié.

Les vieillards, près du feu, boivent avec mesure;
Ils cherchent dans le vin la force qu'ils n'ont plus,

Et, rendant la vigueur à leur mémoire obscure,
Ils évoquent ainsi les moments disparus.
C'est le lointain passé qui provoque leur verve,
Ils ne tournent jamais leurs yeux vers l'avenir,
Car l'homme fatigué que la vieillesse énerve,
Dédaigne avec raison un temps qui va finir.

Dans un coin de la salle, un jeune homme, une
[fille
Se parlent à voix basse en se pressant la main ;
Le bonheur ingénu dans leur pur regard brille ;
Qu'ont-ils à regretter dans l'ombre du chemin ?
La vie est devant eux ouverte et souriante ;
Ils laissent les vieillards louanger le passé,
Et, s'enivrant tous deux d'une joie innocente,
En rêve l'avenir est par eux caressé.

Cependant les marmots, en un coin de la salle,
Pour une heure absorbés, se livrent à leurs jeux ;
Ils ignorent le temps et sa marche fatale,
Le présent éphémère existe seul pour eux.

Qui pourrait croire ainsi que dans cette chau-
[mière
Où peuvent vingt buveurs à grand'peine tenir,
Donnant leur charme vague à notre vie amère,
Se pressent le passé, le présent, l'avenir.

LA TREILLE.

Sous la treille feuillue où s'enroule la vigne,
Une femme sourit, souple comme un blanc
[cygne;
A ses pieds, deux enfants, bambins aux fronts
[rosés,
Entrelaçant leurs bras, se couvrent de baisers.
Autour d'eux, des pigeons, des coqs à rudes
[crètes.
Pour égayer leurs cœurs, le ciel luit sur leurs
[têtes,
Et de l'herbe et du bois, et des rouges buissons
Montent mille parfums, sortent mille chansons.
Mais cependant, là-bas, vers l'horizon rougeâtre,
Sur le flanc du coteau que domine un vieux
[pâtre,

Un nuage cuivré, par degrés paraissant,
Jette sur la forêt une teinte de sang ;
C'est l'orage qui vient. Prends garde, jeune
[mère,
Car le ciel est changeant, et la joie éphémère.

Descendant le coteau, je vois un cavalier
Qui pousse sa monture à travers le hallier.
Sa figure est virile, et son regard de flamme
Fait bien voir que l'amour pourrait brûler son
[âme,
Il est, ainsi que toi, formé pour la vertu ;
Mais le cœur, plante frêle, est bientôt abattu.
Si l'orage avançait, le cavalier, sans doute,
Pour s'abriter une heure interromprait sa route.
Qui sait ce que pourraient produire en un seul
[jour,
Un ciel rempli d'éclairs, un cœur rempli d'a-
[mour?
Rentre donc sans tarder ; prends garde, jeune
[mère,
Car le ciel est changeant, et la joie éphémère,

LA FENÊTRE.

IMITATION.

Oh ! lorsque, chère enfant, penchée à la fenêtre,
Tu tournes tes beaux yeux vers le ciel et les bois,
Ton visage s'éclaire, et, m'oubliant peut-être,
Tu n'écoutes plus rien que de célestes voix.

La nature te parle avec ses nids de mousse,
Sur ses mille trésors ton œil s'est arrêté ;
Puisse Dieu te donner une vie aussi douce
Que ce regard si calme empreint de leur beauté !

En moi-même je pense : «Heureuse est ma chérie,
Que la prairie au loin l'enivre de senteurs,
Mais plus heureuse encore est la verte prairie
Sur qui tombe un rayon de ses yeux enchan-
[teurs !

SOLEIL COUCHANT.

Je voudrais m'éloigner de ce monde sans âme,
Et me perdre au désert pour n'en jamais sortir,
Car ils sont tous méchants, l'homme comme la
[femme,
Car ils m'ont tous prouvé qu'ils aiment à mentir.
Je voudrais, au désert, entendre le feuillage
Mêler son frais murmure au doux chant des oi-
[seaux,
Et du regard au loin poursuivre le nuage,
Qui fuit comme un navire emporté par les eaux.
Je voudrais devant moi voir se lever l'aurore,
Et le soleil brûlant sur les grands bois courir,
L'épier, vers le soir, dans les lointains qu'il dore,
Puis, lasse comme lui, disparaître et mourir !

SCEPTICISME.

Chacun lit à son tour dans l'histoire du monde,
Celui-là, l'espérance et celui-ci la mort,
L'un dans l'humanité voit un bétail immonde,
L'autre un fier bâtiment qui vogue vers le port.

Le Destin dit à l'un : « Héros, saisis le glaive,
Combats avec vigueur pour tout le genre hu-
[main ! »
Mais il crie au second : « La vertu n'est qu'un
[rêve,
Et le héros d'hier sera martyr demain.

« Laisse donc l'univers s'agiter dans sa fange,
A quoi bon épuiser ton cœur découragé ;
Car de mal et de bien, le monde est un mélange
Qui ne changera point, comme il n'a pas changé.»

NOS ESPÉRANCES.

Sur leurs ailes d'argent nos belles espérances
    Montent vers les hauteurs,
Vers les hauteurs du ciel où de calmes silences
    Rassérènent les cœurs,
Et lorsqu'elles ont touché les cimes de la nue,
    Dans leur vol emporté,
Un sinistre chasseur les ajuste et les tue ;
    C'est la Réalité !

LE RÊVE.

Le rêve est un présent de la douce nature ;
Il ouvre un vaste empire à nos songes dorés,
Change en dieu tout-puissant l'humaine créa-
[ture,
Et rappelle à nos cœurs des souvenirs sacrés.
Le pauvre n'a plus faim quand son âme som-
[meille,
Il porte avec orgueil la pourpre pour manteau ;
Le poète endormi s'assied sous une treille,
Et son mur délabré se change en vert coteau ;
Magique faculté de voir et de comprendre
Ce qui n'existe pas dans la réalité,
Lorsque la nuit descend, viens toujours me
[surprendre,
Ton bonheur est le seul que mon âme ait goûté !

Mais dans la haie en fleurs se dresse la vipère :
Pourquoi faut-il, Seigneur, qu'en nos rêves
(heureux,
Au moment où le ciel va sourire à la terre,
Le sombre cauchemar pose son pied hideux ?

L'ÉPREUVE.

Tout homme est ici-bas soumis à la torture,
Il n'est point de mortel qui s'en puisse affran-
[chir;
Dieu, sous un joug pesant courbe la créature,
Et le front le plus fier est contraint de fléchir.
Mais, si l'âpre destin brise toutès nos armes,
Lorsque nous combattons les décrets éternels,
Nous trouvons, pleins d'amour, un remède à nos
En adorant les saints autels.   [larmes,

Comme nous, Jésus-Christ, sans partager nos
[fautes,
Fut cloué tout vivant sur le bois meurtrier ;
Son sang pur ruissela sur ses divines côtes,
Et pourtant l'Homme-Dieu cessa-t-il de prier ?

Pendant que ses bourreaux raillaient son agonie
Et le crucifiaient entre les deux larrons,
Il disait au Seigneur, en oubliant sa vie :
    « Pour sauver les hommes, mourons ? »

Et la lance aussitôt perça sa chair divine,
A ses lèvres de Dieu le fiel fut présenté !
Son cœur, trop éprouvé, faiblit dans sa poitrine,
Et le Sauveur mourut, par la foule insulté :
Un grand cri déchira la nuit silencieuse,
Effrayant l'univers dans l'ombre enseveli,
Et, tombant à genoux, la mère douloureuse
    Dans la mort crut trouver l'oubli.

Et nous, quand Jésus-Christ accepte la souf-
                    [france,
Quand il meurt sur la croix pour nos iniquités;
Quand, au plus vils pécheurs offrant la déli-
                    [vrance,
Il ne regrette pas les cieux qu'il a quittés,
Nous refuserons-nous à porter nos misères,
A subir cet arrêt dans l'Eden prononcé,

Lorsque Dieu, condamnant les enfants par les
    Punit un forfait insensé ?   [pères,

O mes sœurs! endurons la terrestre existence,
Sans jamais blasphémer contre un Dieu trois
                 [fois grand,
Car tout juste là-haut trouva sa récompense,
Qui rayonne déjà sous les yeux du mourant ;
Laissons devant nos pieds le torrent des chi-
                 [mères
Pêle-même rouler les cœurs remplis d'orgueil ;
Bientôt ils comprendront si ses eaux sont amè-
    Pour nous, regardons le cercueil !   [res.

C'est dans la seule mort qu'une âme à Dieu fidèle
Concentre son espoir et son unique amour ;
Si, débile est la chair, si le corps n'a pas d'aile,
L'âme au plus haut des cieux doit s'envoler un
                 [jour,
Et tous ceux qui, virils, ont subi leurs épreuves,
Succombant quelquefois , mais vite relevés,
Les cœurs martyrisés, les orphelins, les veuves,
    Tous ceux-là seuls seront sauvés !

LA FLEUR ET LA FÉE.

Une fleur languissait au milieu d'un parterre,
Une fleur qui voulait grandir,
Mais elle était, hélas ! timide et solitaire,
Et ses jeunes boutons, voilés avec mystère,
Commençaient à peine à verdir.
Il lui fallait et soleil et rosée,
Et le ciel était pluvieux.
Alors vint une fée
Qui sur elle arrêta les yeux :
« Tu souffres, pauvre fleur mourante !
J'aurai pitié de ta douleur,
Relève-toi, ma baguette est puissante,
Elle te rend la vie et la chaleur. »
La fleur aussitôt se relève
Sous un contact mystérieux ;
Son tourment s'enfuit comme un rêve,

Et, pour avoir souffert, elle n'en croît que mieux ;
    Elle était naguère étouffée
    Sous le voile d'un ciel obscur,
    Mais, grâce au bon cœur de la fée,
Son calice fleurit sous un beau ciel d'azur.
    Ainsi, par vous, chère marraine,
    J'ai reçu, trésor précieux,
    Cette marque souveraine
    Qui nous ouvre les cieux.
Sans vous, je n'étais rien qu'une plante inutile,
    Destinée à bientôt périr ;
Mais vous m'avez semée en un terrain fertile,
Et mon cœur vous chérit, et mon cœur va
                  [fleurir.

LA VISION.

Un soir que je rêvais sur la mousse soyeuse,
Je sentais lentement mon esprit s'engourdir ;
Je ne songeais à rien, pourtant j'étais heureuse
De voir sous les rameaux le jour pâle mourir.
La brise dans le bois chantait à mon oreille,
De sa voix caressante appelant le sommeil,
Et Vénus, en splendeur, à la lune pareille,
Rayonnait dans les cieux, comme un lointain
[soleil.

Alors, de ma pensée accompagnant les ondes
Qui naissaient, par degrés, de la nue et des bois,
Je revoyais la plaine où mes compagnes blondes,

4.

Lorsque j'avais douze ans, m'embrassaient au-
[trefois.
Les refrains oubliés bourdonnaient dans ma
[tête,
Ranimant un bonheur par le temps effacé,
Et, le cœur palpitant, à pleurer j'étais prête,
Car le présent vaut-il le charme du passé ?

Bientôt, changeant d'essor pour suivre un nou-
[veau rêve,
Je vis mon front, tout blanc, par les soucis ridé ;
Comme un lourd voyageur dont la course s'a-
[chève
Sur le bord du chemin se repose accoudé,
Sur mes genoux tremblants soutenant ma fai-
[blesse,
Je cherchais le soleil à l'abri d'un vieux mur,
Et je sentais sur moi la pesante vieillesse
Faire tomber ses mains pour courber l'épi mûr.

Tout à coup je bondis en repoussant les herbes,
Pour m'inonder à flots de l'air libre des bois ;

Je palpai mes cheveux aux ondoyantes gerbes,
J'étendis les deux mains et j'essayai ma voix ;
Et, charmée en voyant dans la source limpide,
Me sourire une femme, au front pur, à l'œil bleu,
Je gourmandai mon rêve et mon cœur trop ti-
[mide,
Et, tombant à genoux, je remerciai Dieu.

LE BASSIN.

Les aromes de la jonquille
Se bercent sur ton calme sein,
O flot tremblant du bleu bassin,
Qui nais d'une blanche coquille!

Autour de toi fleurit encor
L'iris bleuâtre et la pervenche,
Qui, ployant sa tige, se penche
Pour abriter le bouton d'or.

Dans le cristal le poisson glisse,
Et la demoiselle aux grands yeux,
En rasant le fil des flots bleus,
Fait frissonner ton onde lisse!

Ah ! c'est ici que pour toujours,
Dans le silence, je veux vivre !
O source, dont le chant m'enivre !
Coule tranquille avec mes jours,

Je veux, dans ton eau qui sommeille,
Regarder, en rêvant, le ciel,
Et, tout le jour faisant son miel,
Voir s'empresser la jeune abeille !

O fille de l'éternité,
O douce et tranquille nature,
Source, gazon, bois, onde pure,
Vivez dans mon cœur transporté !

LES FLEURS FANÉES.

Hélas ! quel changement, disait dans un jardin
A sa mère un enfant, la charmante Isabelle :
Flétris sont mes œillets, flétris mon vert jasmin,
Et triomphante hier, ma rose n'est plus belle :
Ont-ils donc supporté l'ouragan ou la grêle ?

Non, répondit la mère avec beaucoup de sens,
La plus belle des fleurs ne vit qu'une journée ;
Ton parterre, à son tour, subit la loi du temps.
La rose qui brillait pendant la matinée,
Penche déjà, le soir, sa corolle fanée.

Il en est chère enfant, ainsi de la beauté,
Car il suffit d'un jour pour flétrir le visage.
Il faut donc regarder avec humilité

Cet éclat incertain, ce charme de passage,
Qui chaque heure menace, et qui fuit avec l'âge.

Une fleur seulement, la divine vertu,
Sans craindre l'ouragan, toujours se renouvelle :
Dans ce monde changeant, ingrat et corrompu,
Aux cœurs nés pour le bien, elle sert de modèle ;
Enfant, cultive-la, c'est la vraie immortelle.

PENSÉE.

La nature est clémente, elle fait reparaître,
Après les jours d'hiver, des jours calmes et
[beaux,
Et qui la sonde bien, apprend à la connaître,
Car le printemps sourit même sur les tombeaux.

FIN.

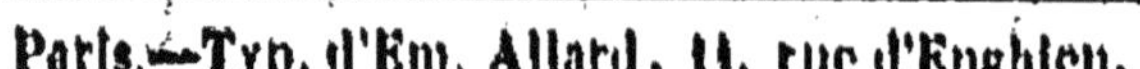

Paris.—Typ. d'Em. Allard, 11, rue d'Enghien.